"...Eles terão poder sobre os peixes, sobre as aves, sobre os animais domésticos e selvagens e sobre os animais que se arrastam pelo chão."

Gênesis 1:26

O mundo que Deus nos deu

Escrito e ilustrado por
Debby Anderson

"Olá, companheiro!"

Queridos leitores adultos,

No princípio, Deus nos deu a responsabilidade de cuidar de Seu mundo recém-criado. Há um sentimento de urgência ao delegarmos essa responsabilidade às próximas gerações. Esperamos que este livro ajude a desenvolver um sentimento de alegre esperança em todos nós. Vamos à natureza!

Isaías 11:6-9; Oseias 4:1-3; 14:4-9

Com orações,
Debby Anderson

Um obrigado muito especial para:

Mai Hung, proprietário do Restaurante Pho Saigon e aos meus pequenos artistas: Lucas Lund, Shawntell Smith, Chloe Snyder, Vitaliy Stefanyuk.

Let's Explore God's World
Text and illustrations copyright © 2009 by Debby Anderson
Published by Crossway Books
    a publishing ministry of Good News Publishers
    Wheaton, Illinois 60187, U.S.A.
    www.crossway.org
This edition published by arrangement with Good News Publishers. All rights reserved.

© 2011 Publicações Pão Diário
Tradução: Rita Rosário
Revisão: Anita Nascimento e Thaís Soler
Adaptação gráfica e diagramação: Audrey Ribeiro
Ilustrações: Debby Anderson

Proibida a reprodução total ou parcial, sem prévia autorização, por escrito, da editora. Todos os direitos reservados e protegidos pela Lei 9.610 n.º 9.610/98. Permissão para reprodução: permissao@paodiario.org
Exceto se indicado o contrário, as citações bíblicas foram extraídas da Nova Tradução na Linguagem de Hoje © 2000 Sociedade Bíblica do Brasil.

Publicações Pão Diário
Caixa Postal 4190, 82501-970, Curitiba/PR, Brasil
publicacoes@paodiario.org
www.publicacoespaodiario.com.br
Telefone: (41) 3257-4028

Código: TP343 • ISBN: 978-1-60485-483-1

1.ª edição: 2011 • 5.ª impressão: 2022

Impresso na China

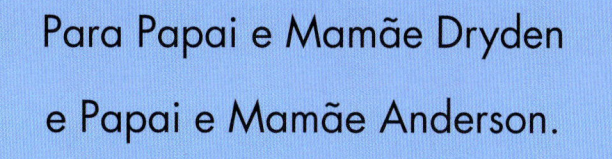

Para Papai e Mamãe Dryden
e Papai e Mamãe Anderson.
Vocês foram os primeiros a nos ajudar
a descobrir o mundo que Deus nos deu!
Com amor, Debbie e família.

Deus fez o nosso grande e maravilhoso mundo com os ovos de pássaros e pernas de mosquitos...

folhas e risos...

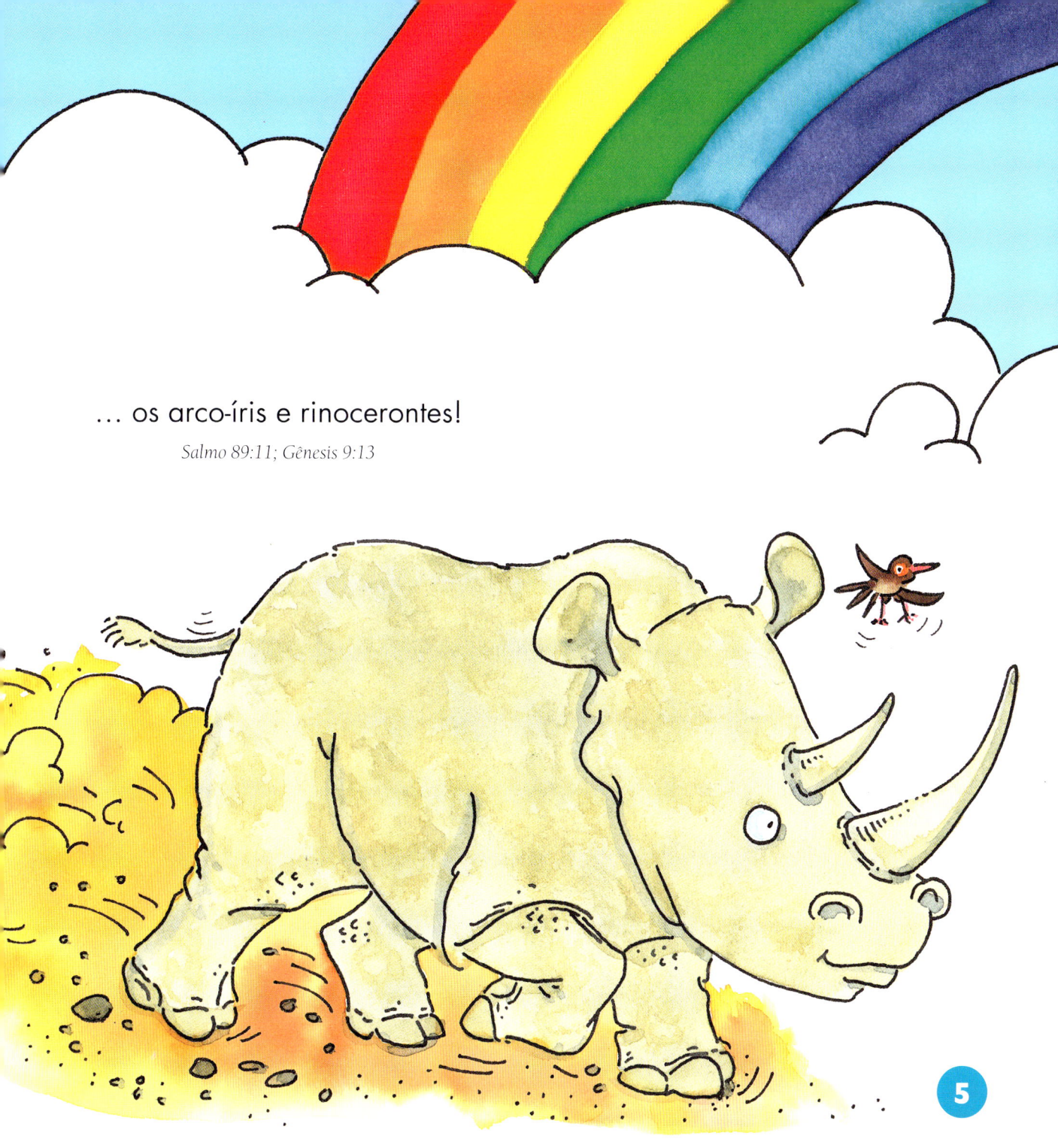

… os arco-íris e rinocerontes!

Salmo 89:11; Gênesis 9:13

Deus também criou os nossos sentidos, dessa maneira podemos explorar o Seu mundo!

Ele fez os nossos ouvidos para ouvir...

nossos olhos para ver...

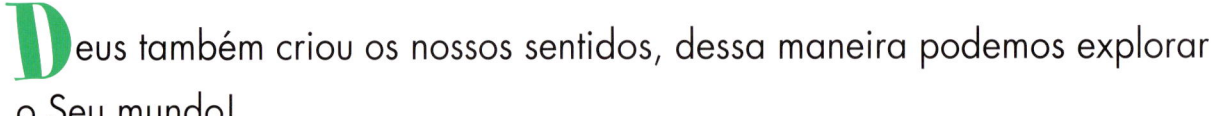

os dedos
para sentir…

a língua para saborear…

Salmo 34:8;139:13; Mateus 13:16

...e o nariz para cheirar!
Com os nossos sentidos podemos aprender
tudo sobre o mundo de Deus.
Vamos descobrir como ele é?

Gênesis 1:26-31; 2:15; Jó 12:7; Salmo 8:6-8

Na praia...

Vemos a sabedoria de Deus refletida nos formatos das conchas do mar e nas águas-vivas gelatinosas. Sentimos o calor da areia sob os nossos pés descalços e o sol que está por toda parte.

Sentimos o sabor salgado das gotinhas do mar e cheiramos as algas marinhas escorregadias. No bramir das ondas e em suas investidas, ouvimos o poder de Deus... e Deus nos ouve.

Salmo 116:1-2; 148:7

Reduza! Feche a torneira!
Quanto menos água usarmos, menor quantidade de água sairá dos oceanos, rios e lagos.

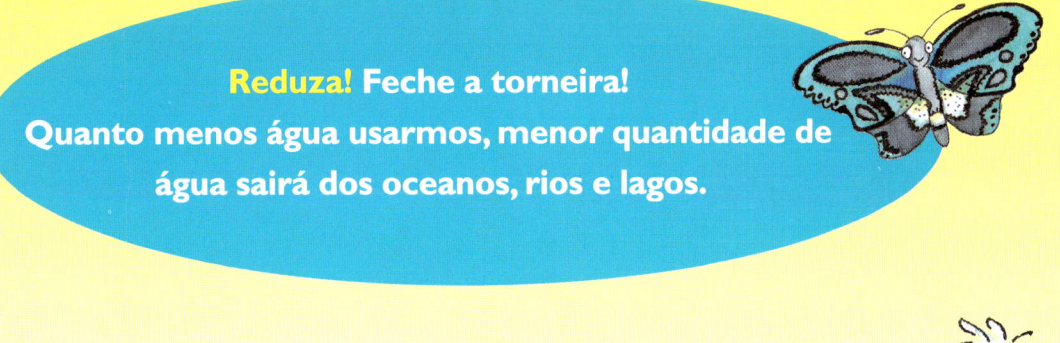

No meio da floresta...
Deus está conosco quando caminhamos juntos.
Sentimos a Sua paz na calma friagem da sombra.
Sentimos o cheiro das folhas caídas e vemos
os esquilos saltitando e os rechonchudos guaxinins rolando.
Ouvimos os murmúrios dos esquilos e canários-da-terra.
Testamos as amoras-pretas, framboesas,
mirtilos e outras amoras.

Provérbios 3:6; Salmo 121:5-8

Na cidade...
Nós vemos o amanhecer e o pôr do sol.
Ouvimos as pessoas falando e o barulho do trânsito,
dos ônibus e buzinas. Comemos pipocas, casquinhas
e sentimos o cheiro de churros com doces e cremes gostosos.

Jó 38:12; Salmo 104:19

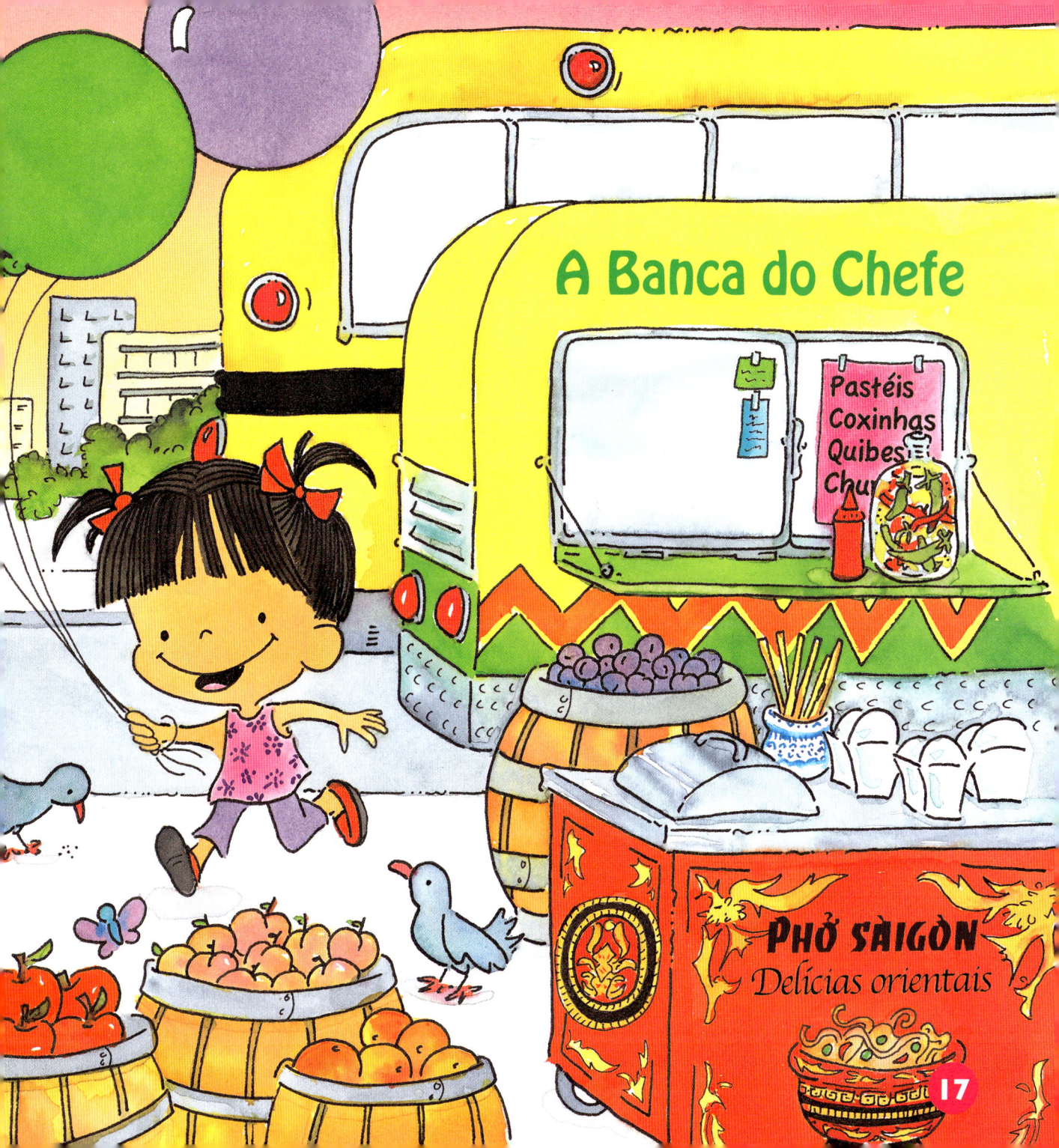

Nas florestas tropicais...
Sentimos a textura das plantas trepadeiras e dos musgos úmidos. Reconhecemos a criatividade divina na diversidade de mosquitos, besouros, rãs e girinos. Ouvimos araras e macacos, tucanos e sapos! Sentimos o cheiro e comemos mamão e abacaxi! Ficamos admirados como a lagarta com tantas patas se transforma numa linda borboleta.

Gênesis 1; Provérbios 6:6

Respeite os animais e seja gentil com eles.

No deserto...
Sentimos os espinhos do cacto e os grãos de areia trazidos pelo vento. Vemos as cores das rochas e as raposas do deserto. Ouvimos o uivo dos coiotes e o chiado das corujas. Sentimos o cheiro e provamos comidas picantes! Somos gratos a Deus pelo alimento!

Jó 39:19; Isaías 35:1-2

No jardim...
Vemos o presente da vida crescer ao nosso redor.
Sentimos a maciez do solo e os raios quentinhos do sol.
Sentimos o sabor forte dos pequeninos tomates-cereja.
Ouvimos o zumbido das abelhas e sentimos o cheiro das flores belas e brilhantes. E ficamos pensando: Como pode uma sementinha transformar-se num gigante girassol?

Salmo 104:13,30

Nas montanhas...
Sentimos o frio da neve e o frio gelado dos ventos.
Sentimos também o cheiro fresco dos pinheiros.
Sentimos o sabor dos lanches que levamos em nossas mochilas,
Vemos o grande poder de Deus nos altos das montanhas.
Ouvimos os gritos das águias ao sobrevoarem nos céus.

Jó 39:27; Salmo 95:4; Filipenses 4:4

No parque...

Sentimos o vento bater no rosto quando corremos ou andamos de bicicleta. Sentimos o cheiro da grama verde aos nossos pés e ouvimos os pássaros cantando no alto. Comemos o lanche! Vemos os nossos amigos... e Deus nos vê.

Salmos 33:13; 147:8

Em todos os lugares que vamos, podemos usar os nossos cinco sentidos para conhecer um pouco mais o mundo que Deus nos deu!

Jó 12:7-10; Salmo 30:10

Tchau, tchau, borboletas!

"Que todos eles louvem o Senhor,... Louve o Senhor, tudo o que existe na terra: monstros do mar e todas as profundezas do oceano! ...colinas e montanhas, florestas e árvores que dão frutas! Louvem o Senhor, todos os animais, mansos e selvagens! ...passarinhos e animais que se arrastam pelo chão! ...e todos os povos, ...o louvam. Aleluia!"

Salmo 148:5,7,9–11,14